Onderdanige Latijnse Vrouw

Overheersing en erotische onderwerping

Erika Sanders

Onderdanige Latijnse Vrouw

Erika Sanders
Serie
Overheersing en erotische onderwerping

Korte inhoud

Julieta is een Latijnse, succesvolle en dominante zakenvrouw met fantasieën over wat er zou kunnen gebeuren als zij in plaats van dominant te zijn, zoals ze aan het werk was, degene was die werd gedomineerd.

Op een dag ontmoet hij Paul die hem het facet van onderwerping begint te laten zien dat hij zo graag wil proberen ...

Onderdanige Latijnse Vrouw is een verhaal met een sterk erotisch BDSM-gehalte en, op zijn beurt, ook behorend tot de Erotic Domination and Submission-collectie, een reeks romans met een hoog BDSM-gehalte.

(Alle personages zijn 18 jaar of ouder)

Opmerking van de auteur:

Erika Sanders is een bekende internationale schrijfster, vertaald in meer dan twintig talen, die haar meest erotische geschriften, ver van haar gebruikelijke proza, ondertekent met haar meisjesnaam.

Inhoudsopgave:

ONDERDANIGE LATIJNSE VROUW
(EROTISCHE DOMINATIE)
ERIKA SANDERS

Juliet ontving verdere instructies in een brief.

Het was een witte envelop met vet gedrukt "Vertrouwelijk".

Julia's benen begonnen te wiebelen voordat ze de envelop kon openen.

Hij herinnerde zich dat hij gisteravond met Paul had gesproken.

Wat wordt je volgende gewaagde plan?

Door hun relatie van de afgelopen maanden kreeg ze nieuwe inzichten over zichzelf en haar seksualiteit.

Voordat Paul werd voorgesteld, dacht hij dat hij veel wist over seks.

Maar sinds haar relatie met Paul was ze veel dingen gaan doen die ze zich nog nooit had kunnen voorstellen.

Ze was veel van haar misvattingen over zichzelf vergeten.

Voordat ze Paul ontmoette, dacht ze dat ze helemaal tevreden was met seks.

Maar ze besefte al snel dat ze niet tevreden was met wat ze aan het doen was.

Hij had haar geblinddoekt tijdens hun tweede date.

Julieta had nooit kunnen bedenken hoe gevoelig ons lichaam kan worden als we niet kunnen zien.

Elk ledemaat voelde asymptomatisch aan en ze was overweldigd door nieuwsgierigheid om te weten welk punt het volgende op haar lichaam zou worden aangeraakt.

Hij vond dat elke aanraking van zijn lichaam eeuwig zou duren, en hij worstelde om van elke aanraking te genieten.

De volgende keer bond Paul zijn ledematen vast aan het bed.

Gevoel dat we emotioneel hulpeloos zijn, als we ons eigen naakte lichaam zien, onze partner ervan geniet, en we kunnen niets doen, we kunnen het niet weerstaan, we kunnen zelf niets vermijden, dit gevoel is heel anders.

Je gebruikt haar mooie, jeugdige lichaam zoals je wilt, voor je ogen ... en je wilt gewoon voelen wat het met je zal doen.

Gemengde gevoelens van hulpeloosheid en opwinding.

Ze speelden deze nieuwe spellen constant en ze genoot met volle teugen van al die spellen en waardeerde Pauls creativiteit.

Interessant is dat Juliet, die geloofde dat haar aard agressief en dominant was, Paul gemakkelijk opgaf in het romantische spel.

Niet alleen dat, ze hield ervan zichzelf volledig te geven, hem haar lichaam te geven, te doen wat hij zou doen, te doen wat hij haar had opgedragen.

Ze begon het gevoel te krijgen dat iemand haar moest domineren, haar alles moest laten doen.

Deze verandering in haar natuur had haar verrast.

Gisteravond had Paul gezegd dat de uitdaging van morgen tot dusver het hoogtepunt van het spel zou zijn.

'Je hoort alles wat ik zeg, nietwaar?' Had hij gevraagd.

Onderwerping was tot haar gekomen door het gewoon te vragen.

"Ja, Heer, ik zal doen wat U mij zegt," antwoordde ze zacht.

Ze kon heel zacht praten, maar deze ontdekking begon pas toen ze Paul ontmoette.

'Welnu, morgen ontvang je een brief op kantoor. Die brief bevat verdere instructies voor je.'

... en nu had hij die brief echt in zijn hand!

Met trillende handen verbrak hij het zegel van de brief.

Wat zou erop worden geschreven?

Wat wordt het volgende gewaagde plan van Paulus?

Wat zou ik vandaag voor hem moeten doen?

Een beetje bang, ook een beetje beschaamd, begon ze het witte papier uit de envelop te halen, zie en las ...

"Slaaf

1. Maak je klaar voor onze wedstrijd vanavond om acht uur, wees moedig.

2. Je moet je als volgt kleden: zachte rode broek, bijpassende blouse, bijpassende slip-bh, gouden oorbellen in de oren, zilveren riem en schoenen met hoge hakken.

3. Een Mercedes haalt je om acht uur op. De chauffeur weet waar hij heen moet. Hij zal u later meer instructies geven. Net zoals u nu mijn instructies volgt, moet u zijn instructies ook 's nachts volgen.

4. Bovendien neemt u niets anders omdat u het niet nodig heeft. Je hebt geen tas of iets anders nodig. "

Julieta's borst bonkte van opwinding totdat ze de instructies had gelezen.

Opgewonden door wat er vandaag zou gebeuren, begon ze nat te worden.

Paul, een dresscode, acht uur 's avonds, Mercedes-chauffeur ... niets meer.

Hij slaagde er altijd in haar op het werk af te leiden.

Een beetje eng, een beetje opwinding, een beetje plezier, veel nieuwsgierigheid ...

Hoe gewaagd hun games ook waren, ze werden tot nu toe op 'privé' locaties gespeeld.

Soms bij Julia thuis, soms bij Pauls appartement, en een keer in een hotel.

Maar ze zou zich alleen aan Paul overgeven ... maar vandaag zou ze een derde persoon ontmoeten, de bestuurder van die Mercedes!

Heeft Paul de chauffeur gedurfde instructies gegeven?

Paul zei, je moet alles gehoorzamen wat de chauffeur zegt ...

Wat gebeurt er als de chauffeur haar vraagt haar kleren in de auto uit te trekken?

Of als hij haar vraagt om hem in de auto te kussen?

Of als je hem kantelt tijdens het rijden ... ??? Oh God

Waarom bekende ze dit allemaal aan Paul?

Heeft ze een fout gemaakt door hem zo veel te vertrouwen?

Aan de ene kant, met zulke twijfels in haar hoofd, geloofde ze ook dat Paul niet zou toestaan dat er een situatie zou ontstaan die haar in gevaar zou brengen.

Ze glimlachte bij zichzelf en besefte dat het idee dat de chauffeur haar zou dwingen zich uit te kleden even angstaanjagend als opwindend was.

Om acht uur had Juliet zich drie keer aan- en uitgekleed.

Eerst droeg hij een rode broek, maar die was niet zacht.

Ik zie er zo goed uit, waarom zou ik zoveel aandacht aan hem besteden ...

Terwijl hij dit zei, zonder het te beseffen, had hij zijn broek uitgetrokken en naar een zachter rood gezocht.

Toen ging hij op zoek naar de gouden oorbellen.

Hij had nooit de kans gehad om deze oorbellen te dragen, zoals hij altijd een spijkerbroek en een T-shirt droeg, maar Paul had wel eens gezegd dat hij ze erg mooi vond.

Vreemd genoeg herinnerde ze zich niet wanneer ze Paul had verteld dat ze een zilveren riem had.

Maar hij had hetzelfde in zijn brief geschreven, dus hij moet het geweten hebben, dat is zeker.

Terwijl hij zijn intelligentie mentaal waardeert ...

... De klok sloeg acht uur en een auto toeterde op de weg.

Julieta rende de trap af en keek door het kijkgaatje in de voordeur.

Voor het hek stond een lange zwarte Mercedes.

Ze trok haar tas van haar schouder en gooide hem op de bank in de gang, deed de voordeur op slot, deed de poort van het slot en liep naar de Mercedes.

De chauffeur in uniform deed de achterdeur voor hem open.

De chauffeur was van middelbare leeftijd en zag er goed uit.

Ze zat binnen en vroeg zich af of hij haar al instructies zou geven.

de chauffeur sloot heel beleefd de deur, ging zitten en startte de motor.

Zoals verwacht was rijden in een Mercedes erg comfortabel, maar hij leek het niet erg te vinden.

Nu zal deze chauffeur je vertellen wat je moet doen, hoe en of je echt wilt gehoorzamen aan wat hij zegt ...

Veel van die gedachten gingen door zijn hoofd.

De Mercedes reed door de drukke straten van de stad.

Beetje bij beetje werd het omringende verkeer minder druk en realiseerde hij zich dat ze de stad hadden verlaten en het industriegebied waren binnengegaan.

De fabrieken en kantoorgebouwen aan weerszijden van de smalle straat kwamen niet bekend voor.

Plots vertraagde de chauffeur de Mercedes en reed een terrein binnen dat verlaten leek.

Hoewel de voertuigsnelheid laag genoeg was om vanaf de hoofdweg binnen te rijden, was hij niet langzaam genoeg om de letters op het bord buiten het pakket te lezen.

In het perceel ziet Juliet een hut van een burgerwacht met een oude, vervallen deur.

De chauffeur stopte de auto en stapte uit.

Hij kwam terug en deed de deur voor Juliet open.

Zodra ze uitstapte, sloot hij de deur, greep haar bij haar nek en leidde haar naar de ingestorte Vigilante-hut.

Juliet had de stem van de chauffeur nog niet gehoord.

Die hut van 1 bij 1 meter had een balie vooraan.

De jonge man die aan de balie zat, zei tegen de chauffeur:

"Bedankt vriend, tot de volgende keer."

De chauffeur glimlachte alleen maar en draaide zich snel om en vertrok.

Nu stond Julieta alleen tegenover die onbekende maar knappe jongeman.

Er zat iets magisch in zijn glimlach.

'Juliet, hoe heet je niet? Volg mij,' beval de jongeman.

Juliet volgde hem zorgvuldig.

De twee kwamen een kantoorachtige kamer binnen aan de achterkant van het half verwoeste gebouw.

Er was niets anders in de kamer dan een tafel en stoelen in de hoek.

"Ben je klaar voor het unieke avontuur Juliet van vandaag?" Hij vroeg om serieus te worden.

'Uhm? Misschien ...' zei Juliet terwijl ze een beetje zenuwachtig werd.

'Nou,' zei hij mysterieus glimlachend, 'aan allen die u vanavond instructies geven, zult u ze zorgvuldig opvolgen. Zonder enige twijfel ... en zonder iemand te vragen. Sommige suggesties zullen vreemd of vreemd zijn, maar geloof me, jij zal gelukkiger zijn. als je de instructies opvolgt. Doe dan wat je wordt opgedragen, zonder schaamte, angst of angst. "

'Oké. Wat moet ik doen?' Vroeg Juliet beslist.

Kijkend naar Julia's sexy lichaam, zei hij:

'Luister dan. Trek eerst je kleren uit.'

"Alle?" Vroeg Juliet aarzelend.

'Nee,' zei ze met een ondeugende glimlach, 'doe alles uit behalve het slipje, de oorbellen, de zilveren riem en de hakken.'

Juliet wist niet of ze de instructies goed had gehoord.

Hij had hem in zeer duidelijke bewoordingen en met verheven stem instructies gegeven.

Juliet had echter het gevoel dat hij daar niets van had kunnen zeggen.

Zelfs nadat ze zijn suggestie met veel moeite had verwerkt, wachtte ze nog steeds tot hij de kamer zou verlaten ...

Ze vond dat ze hem tenminste de rug moest toekeren.

Juliet wist natuurlijk dat ze veel verwachtte, maar toch ...

In een vlaag van woede trok hij zijn broek naar beneden en liet zijn riem om.

Ze knoopte de eerste knoop van haar blouse los en keek hem aan om hem te laten zien dat jij niet minder bent in deze situatie.

Maar zodra ze merkte dat haar blik naar beneden gleed toen ze een andere knop verwijderde, keek ze per ongeluk naar zichzelf.

Ze geneerde zich bij het zien van de zeer strakke, zachtroze beha die duidelijk zichtbaar was nadat er twee knopen van de bovenkant waren losgetrokken.

Haar vlezige, zachte borsten worstelen om uit hem te komen.

Opgewonden begon ze steeds harder te ademen en haar toch al dikke borsten leken op te zwellen.

Zonder nog meer tijd te verspillen, knoopte ze alle ontbrekende knopen van haar blouse los.

Zodra hij de broek van haar voeten had afgetrokken, keek ze hem aan en trok haar ceintuurblouse met beide handen uit.

Daarna duwde ze ze terug en natuurlijk haar grote en mooie borst nog meer op te blazen, verwijderde ze ook de bh-haakjes.

Maar even bleef ze in dezelfde houding zitten en keek hem aan.

Hij deed een stap naar voren en keek naar haar gezwollen borsten.

Juliet realiseerde zich dat er geen ontsnapping mogelijk was, rolde met haar ogen, haalde diep adem en trok langzaam met beide handen haar beha uit.

Ze had niet de moed om hem nu in de ogen te kijken.

En toen besefte hij dat hij nog steeds wachtte tot ze naar buiten zou komen of hem de rug toekeerde.

Maar ze had zelf haar rug kunnen keren toen ze zich uitkleedde voor deze vreemde jongeman!

Maar ze had schaamteloos haar kleren een voor een voor hem uitgetrokken ...

Ze schaamde zich nog meer voor deze gedachte.

'Vouw je kleren op en leg ze op tafel,' kwam Julieta bij zijn volgende voorstel weer bij bewustzijn.

Ze opende haar ogen, maar ontweek zijn blik, pakte de broek, de blouse en de beha die over haar benen rolden en liep naar de tafel.

Ze vouwde ze voorzichtig op, legde ze op de tafel en ging voor hem staan, maar niet ver achter hem.

'Draai je nu om en ga met beide handen naar achteren staan,' instrueerde hij opnieuw met ernstige stem.

Nu draaide ze zich om, zich afvragend waar het voor zou zijn, draaide ze zich om en zwaaide met beide handen terug alsof ze erg lui was geworden.

Ze knikte en voelde hoe hij naar haar toe kwam.

Haar tere polsen werden aangeraakt door koud metaal terwijl ze nadacht over wat er daarna zou gebeuren.

Wat nieuw is dit, vroeg ze, totdat er iets klikte en beide handen in dezelfde houding vastzaten die hij haar had verteld.

Oh God. Je bent hier op een onbekende plek, met een onbekende man, op dit moment, in zo'n staat ... en nu zo weerloos !!

Weinig kleren op het lichaam, geen telefoon in de buurt, geen tas ...

Waar zouden ze voor zijn?

Beide handen zaten van achteren in ketenen vast.

Paul is niet in zicht.

En deze vreemde maar knappe jongeman komt zo dicht bij je ... stom!

Je bent stom, Juliet.

Waarom geloven mensen zo blindelings?

En dat ook in een persoon als Paul ... hoe goed ken je hem?

Wat zal er nu met je gebeuren.

Oh God, wat heb ik gedaan ...

'Kom mee,' zei hij, niet wachtend tot ze zou lopen, maar zich vastklampend aan haar ketenen en naar de deur liep.

Het had geen zin om te protesteren.

Zodra ze de deur uit was, waaide er een koude windstoot over Juliet en welden tranen in haar ogen.

Hij liep met zware passen.

Hij sleepte haar bijna de donkere parkeerplaats op.

In zo'n halfnaakte toestand voelde hij ook de steun van die duisternis, maar ...

Maar wat is dit?

De schaamte van haar eigen halfnaakte lichaam, van haar eigen hulpeloosheid, van het onvrijwillige gezelschap van deze jonge vreemdeling, terwijl ze bang was, wekte haar ook hulpeloos op.

Ze schaamde zich om de zoete sensaties te voelen die plaatsvonden, bedekt door het enige kledingstuk dat nog op haar lichaam was achtergebleven.

Ze wist niet precies wat je dacht.

Hoewel haar lichaam koud was, voelde ze zich warm toen ze de kamer verliet en de parkeerplaats opreed, met de aanraking van haar lichaam terwijl ze liep en de sterke greep van de beugel.

Haar tepels van donkere chocolade werden strakker en begonnen pijn te doen van de koude lucht.

Het leek erop dat hij de stang met beide handen heel stevig vasthield ... maar ze had beide handen achter haar rug geklemd.

En wat zou er dan met hem gebeuren als hij beide handen vrij had.

Als hij haar stijve tepels kneep met dezelfde kracht waarmee hij zijn halter vasthield ...

Juliet was vreselijk verrast door haar eigen gedachten.

Wat dacht je een paar ogenblikken geleden?

Door deze hulpeloosheid, de schaamte, waren de tranen net in haar ogen gekomen.

Nu zou de aanraking van de rotsachtige hand van deze onbekende man ons meest intieme deel moeten raken, de gedachte ... of het verlangen ...

God!

Wat is er met me gebeurd

Welke gedachten komen in je op?

Paul, waar ben je, slecht?

Jij ... je hebt me zo gemaakt!

Zal ik morgen in de spiegel kunnen kijken of niet?

Aan het einde van de parkeerplaats was een kleine poort.

De vreemdeling deed de deur open en duwde Juliet naar binnen.

Het was als een grote lege kamer.

Julieta kneep haar ogen tot spleetjes en probeerde om zich heen te kijken, maar het was allemaal donker behalve de lamp die midden in de kamer hing.

Hij trok haar weer omhoog en plaatste haar onder het lamplicht.

Haar prachtige lichaam, dat zo lang in duisternis was gehuld, werd weer blootgelegd.

Beschaamd en plotseling het licht in haar ogen, veegde ze haar ogen hard af.

Een paar ogenblikken gingen voorbij in extreme stilte.

Er is geen beweging, er is geen beweging.

Ik vraag me af of hij me hier heeft achtergelaten ...

Ze voelde zijn aanraking op haar rechte middel.

Een of twee keer ging de aanraking langzaam van beide kanten van haar middel naar haar oksels en gleed toen naar beneden en gleed langs de randen van haar slipje.

Julieta veegde haar ogen hard af alsof ze wist wat er daarna zou gebeuren.

De vingers van beide handen trokken langs de randen van haar roze slipje.

Haar slipje bleef hangen toen ze haar dijen bereikten.

Met zijn handen op zijn rug gebonden, kon hij niets doen.

De vingers van zijn linkerhand kwamen met gezag van achteren naar voren en begonnen de voorkant van haar slipje te laten zakken, erin te knijpen en haar natte vagina aan te raken.

Het volgende moment viel het laatste kledingstuk aan zijn lichaam, hoewel slechts in naam, aan zijn voeten.

'Leg ze opzij,' galmde zijn krachtige stem door die leegte.

Zonder na te denken maakte hij haar benen los van haar slipje.

Nu was ze helemaal naakt, naakt, naakt.

Om nog maar te zwijgen, er waren nog een paar dingen op haar knappe lichaam: oorbellen, een zilveren riem en hoge hakken.

Dit alles hielp natuurlijk niet om verlegenheid te voorkomen, maar ze begon aan zichzelf te denken toen ze de situatie onder ogen zag waarin ze zich bevond.

'Blijf daar staan,' zei ze, terwijl ze het volgende bevel gaf.

Hoewel Juliet nu haar ogen opendeed, wilde ze hem niet ongehoorzaam zijn.

Terwijl hij nadacht over wat hij aan het doen was, hoorde hij hem iets duwen.

Ze keek naar rechts en zag hem.

Hij duwde iets met wielen naar haar toe.

Het was een tafel.

De tafel was ongeveer middelhoog.

Over de tafel waren leren riemen vastgebonden.

Hij bracht de tafel recht voor haar.

Toen draaide hij haar weer om haar heen, duwde haar naar voren en boog haar over de tafel.

'Spreid je voeten, Juliet,' beval hij.

Gehoorzaam bewoog ze beide benen elk een beetje opzij.

'Nog meer,' schreeuwde hij, en ze stond met beide benen wijd open.

Nu raakte haar natte vagina het leer op de tafel.

Zodra haar benen de tafelpoten raakten, bond hij haar beide benen stevig vast met de leren riemen.

Nu was het voor hem onmogelijk om te bewegen.

Om haar heen bevrijdde hij haar handen van de ketenen.

Hij glimlachte en ging voor haar staan.

Terwijl ze naar haar naakte lichaam keek, werden Julia's ogen automatisch gegeneerd neergeslagen.

Hij bleef bevelen geven.

'Ga naar beneden en raak je tenen aan.'

Toen ze zich voorover boog, leunde hij naar voren en bond haar handen aan haar benen.

Hoe dapper ze ook was, Juliet was doodsbang door deze staat van hulpeloosheid.

In dit stadium kon ze niet alleen bewegen.

Haar natte vagina en volle billen waren volledig zichtbaar voor 'die' vreemdeling.

Niet alleen dat, maar haar vagina, en zelfs haar kontgat, moet nu voor hem zichtbaar zijn geweest.

Ze probeerde haar ademhaling onder controle te krijgen en vroeg zich af wat hij daarna zou doen.

Even merkte ze geen beweging van hem, maar toen besefte ze dat hij heel dicht achter haar stond.

En tegelijkertijd voelde hij een heel vertrouwde aanraking, maar op een onverwachte plek ...

Vaseline! Ja, het was vaseline.

Hij wreef vaseline in haar achterste gaatje met een gecoate vinger.

Hij spreidde het een tijdje om haar heen en stak toen zijn vinger in haar anus.

Juliet hield even haar adem in.

Voordat ze Paul ontmoette, was ze zich niet bewust van enig ander gebruik van haar anale gaatje dan normaal.

Ze was altijd van streek toen ze anale seks zag in een pornovideo met Paul.

Hij zou tegen Paul schreeuwen en hem dwingen langs de scène te komen.

Maar toen hij eenmaal haar armen en benen aan het bed had vastgebonden en haar het soort dominante seks had geleerd, had hij ondanks haar tegenstand een rubberen plug in haar anus gestoken.

Juliet, die aanvankelijk schreeuwde, accepteerde dit soort plezier binnen de kortste keren.

Daarna, elke keer dat Paul naar beneden kwam om haar vagina te likken, begon ze hem te smeken om minstens één vinger achter haar in te brengen.

Paul vond het eigenlijk heel leuk om het op deze manier te doen, maar om Juliet te ergeren, herinnerde hij haar aan zijn afwijzing en afkeer ...

Maar vandaag, terwijl de vinger van deze onbekende man vrijelijk door zijn kruis en anus circuleerde, had hij veel emoties aan zijn hoofd.

Ze was boos op haar eigen hulpeloosheid.

De indringer irriteerde hem vanwege de flagrante opmars.

Ze haatte Paul omdat hij haar in zo'n situatie had gebracht.

Er waren tranen in haar ogen van pijn toen haar vinger naar binnen drong.

En tegelijkertijd werd ze opgewonden toen ze besefte dat de vinger van een vreemde op een vreemde plek in haar anus bewoog.

Nadat hij zijn vinger een tijdje in en uit haar gat had geduwd, stak hij met geweld een dikke rubberen plug in haar gat.

Hoewel de vaseline het ongemak enigszins verminderde, was de afmeting van de plug veel groter dan de afmeting van het gat.

Maar Juliet kon niets anders doen dan protesteren.

Juliet probeerde te stoppen met huilen en diep adem te halen, op dat moment ...

Toen de plug helemaal naar binnen was gestoken, sloeg hij haar pijnlijke kont hard en trok zich van haar weg.

Juliets letterlijk gedempte schreeuw volgde het geluid van de "krak" die door de kamer weerkaatste.

Op dat moment werd hij erg boos op Paul.

Hij moet de vreemdeling verschillende dingen hebben verteld die tussen hen beiden erg privé zijn.

Natuurlijk!

Trouwens, hoe kon deze man weten dat Juliet, die altijd de leiding heeft op het werk, graag gedomineerd wordt in seks?

Hoewel ze huilde toen haar vinger over haar anus bewoog, moet ze geweten hebben dat ze er dol op is om met de vinger gepord te worden.

En nu, zonder zich zorgen te maken over de fysieke pijn die ze doormaakte, en zonder te anticiperen op wat haar reactie zou zijn, was ze ervan overtuigd dat Paul haar alles moest hebben verteld vanwege de kracht waarmee hij haar had geslagen.

Paul had haar ook de truc geleerd om extreme pijn te verlichten.

In de buitenwereld kon Juliet de luide stem van de man voor haar niet verdragen.

Maar in deze privéwereld was haar grootste fantasie dat iemand haar zou kunnen martelen, haar fysiek zou kunnen dwingen.

Gebruikmakend van deze informatie, werd hij boos en tegelijkertijd erg opgewonden toen hij zich realiseerde dat deze man met zijn lichaam speelde.

Met al deze gedachten in zijn hoofd bleef hij echter een zweep naar haar gooien.

Haar bleke billen waren nu roodachtig als kersen en gloeiend heet.

Na tien of vijftien slagen gooide hij de zweep opzij en begon Juliets roodachtige billen te slaan.

Na veel martelingen begon Juliet hem te willen omhelzen.

Hij stopte en ging voor haar staan op het moment dat ze wilde dat zijn handen nog een poosje terug zouden gaan.

Hij boog zich voorover, liet haar handen los en richtte haar op.

Hij nam haar delicate hand in de zijne en tilde haar op.

Juliet zag een sterk touw van boven bungelen.

Hij bond haar beide handen voorzichtig vast en wikkelde ze in het touw.

Hij gleed uit en viel opzij.

Het touw was vanaf het dak over de brug vastgebonden.

Hij maakte het touw los uit de greep, nam het in zijn hand en begon er hard aan te trekken.

Julia's lichaam werd opgetild en gehesen terwijl het touw aan haar armen trok.

Juliet liet hem zonder enige weerstand aan haar lichaam trekken.

Hij bleef aan het touw trekken totdat hij haar met beide hielen optilde.

Nu stond Juliet op de tenen van haar hoge hakken, zwaaide met haar lichaam, maar bungelde niet.

Hij bond het uiteinde van het touw weer vast en ging voor haar staan.

Julia's hele borst stond nu rechtop, omdat ze beide armen omhoog had gestoken.

Toen ze van boven naar beneden keek, zagen haar eigen tepels er ook iets te schuin uit.

En toen, terwijl hij met zijn vingers over de donkere kringen rond haar tepels draaide, pakte hij plotseling beide puntige tepels beet en trok hard.

Gewillig gillend struikelde Juliet waar ze stond.

Haar dijen waren ook beperkt in haar bewegingen omdat haar benen aan de onderkant waren vastgebonden en haar handen aan de bovenkant.

Hij bleef met het knijpen van zijn vingers aan haar tepels trekken en ze loslaten.

Langzaam begon Juliet weer opgewonden te raken.

Ze veegde haar ogen af, trok haar nek naar achteren en bewoog haar lichaam naar hem toe.

Het was alsof hij die pijnlijke kneep keer op keer wilde.

Van daaruit nam hij een kleine hoeveelheid rode crème op zijn vingers.

Voorzichtig wreef hij de zalf rond haar tepels.

Hij doopte zijn vingers weer in de buis en schepte er nog wat room uit.

Nu kwam zijn hand naar beneden en begon haar vagina aan te raken.

Hij vond haar vagina door haar fijne haar en smeerde daar ook de crème.

Toen kwam hij terug en wreef de crèmekleurige rubberen plug over haar anus.

Julieta was erg opgewonden door de aanraking van die koude room op haar drie 'privé'-organen.

Maar na een paar seconden begon de koude room haar op te warmen.

En beetje bij beetje begon het te jeuken op de plek waar hij de crème aanbracht.

Ze verlangde ernaar dat iemand in haar borsten zou knijpen.

Ze probeerde haar handen vrij te maken om op haar eigen borsten te drukken, om haar eigen stijve banden aan te halen.

Op dit moment had ze haar rotsachtige vingers nodig, op haar gelikte tepels en haar jeukende vagina ...

En tegelijkertijd voelde hij de aanraking van dat trillende object.

Paul had haar een medium vibrator gegeven, maar tot op heden heeft ze hem nooit alleen gebruikt.

Paul werkte de vibrator alleen met haar.

Maar nu leek de vibrator, die haar jeukende vagina was binnengedrongen, te groot.

Bovendien voelden de trillingen veel sterker aan dan ik had verwacht.

Hoewel beide benen vastgebonden waren, strekte ze haar dijen om zoveel mogelijk ruimte te maken voor de vibrator.

Hij kroop een centimeter, vooruitlopend op haar tere vagina.

Juliet was echter zo opgewonden door de crème en de situatie in het algemeen dat ze haar hele lichaam naar voren duwde en probeerde de vibrator naar binnen te krijgen.

Toen hij de dikke vibrator in zijn geheel nam, stond hij te trillen en te genieten van zijn vibratie.

Beide benen vastgebonden.

Ik schiet omhoog met beide handen vastgebonden.

Op zo'n onbekende plek voelde Juliet de vreugde van het leven volkomen weerloos, naakt, opgewonden voor een vreemdeling hangen.

Een strakke plug in haar anus en een vibrator vult haar vagina.

Tepels opgewonden door die rode crème bovenop.

Ze wilde oprecht dat de vreemdeling haar zou bijten, bijten en haar dikke, vlezige billen zou verpletteren.

Hij had het gevoel dat de twee objecten in beide gaten diep in zijn lichaam waren doorgedrongen.

Hij was nooit gestopt met het indrukken van de vibrator, maar Juliet probeerde hem zelf binnen te krijgen.

Hij sloot beide gaten, trok polsen en enkels tot het punt van spanning, strekte zijn hele lichaam uit en bereikte met een luide kreet het hoogtepunt van geluk.

Voor het eerst in zijn leven duurde dat moment lang.

De spieren in haar anus begonnen te spannen, terwijl haar vaginale spieren begonnen te verzwakken.

En voordat de eerste golf van opwinding bedaarde, verstijfde haar lichaam weer.

Ze beleefde een tweede orgasme op rij dankzij de rubberen plug die in haar anus werd gestoken.

Ze ervoer tegelijkertijd extreme pijn en plezier.

Langzaam begon haar lichaam te zinken en sloot ze haar ogen.

Zijn gezicht rustte in een hangende positie op zijn borst.

Hij leunde naar voren en trok de vibrator uit haar vagina.

Het duurde even voordat haar lichaam herstelde.

Toen verzamelde hij wat kracht, hief zijn nek op, opende zijn ogen en ...

... alle lichten in de kamer waren aan.

Onder haar blik zag ze ongeveer vijftien stoelen, slechts drie meter bij haar vandaan.

Ze staarde vol ongeloof naar de stoelen en natuurlijk naar de mensen die erin zaten.

Er waren mannen van in de dertig en vijftig ... en er waren vrouwen.

Ze keken allemaal met vreugde en bewondering naar Juliet.

Paul zat in de laatste stoel en keek haar trots aan.

Ik was blij om Paul te zien.

Maar toen herinnerde hij zich zijn eigen toestand en de recente 'blootstelling'.

Beschaamd liet ze haar nek zakken, maar kon haar handen niet bewegen om haar naakte lichaam te bedekken.

En wat zou hij nu verbergen?

Na het bekijken van de hele 'show', ...

Terwijl al deze gedachten door haar hoofd gingen, voelde ze het koude water achter zich strijken.

De vreemdeling, die al zo lang met haar lichaam speelde, 'koelde' haar met een waterpijp in de hand.

Ze had geen andere keus dan zich door hem te laten wassen met haar armen en benen vastgebonden.

Hij draaide haar naakte lichaam en baadde haar volledig van top tot teen.

Eerst de overblijfselen van de wimpers op haar billen, dan het schuren van haar armen en benen van het verband, de borsten en tepels die opzwollen door de crème en de behandeling ervan, in haar beide gevoelige poriën, waar ze een onverwachte aanval van beide opliep aanwijzingen, en over haar hele jonge en tedere lichaam.

Ik had echt dat koude water nodig!

Toen ze helemaal doorweekt was, draaide ze de kraan dicht en deed een stap naar voren om haar benen wat losser te houden.

Julieta spreidde haar lange benen en probeerde rechtop te staan.

Toen maakte hij het touw los dat erboven hing en liet haar handen los.

Hij liet haar even alleen en naderde haar weer.

Hij trok de achtertafel omhoog en liet Juliet erop zitten.

Er was geen kracht in zijn lichaam, er was geen verlangen in zijn geest om zich tegen zijn acties te verzetten!

Hij legde haar op de tafel en bond haar handen vast.

Dit keer wikkelde hij de banden om haar dijen zonder haar benen bij de enkels te binden.

Julieta's vagina was nu meer open dan voorheen, met de riemen aan haken aan weerszijden van de tafel.

Nu was haar roze vagina voor haar zichtbaar, en ook de rubberen plug in haar achterste gaatje was zichtbaar.

Hij liet haar een tijdje in die toestand achter.

Nu de gedachte aan mensen die in de kamer zaten en naar haar staarden, maakte ze zich in verlegenheid en ook opgewonden.

Zich herinnerend dat Paul ook om haar heen was, leunde ze achterover op de tafel, wachtend op de volgende aanval ...

En toen voelde ze de vertrouwde aanraking van de vibrator ... eerst op haar benen, toen haar dikke dijen, toen haar platte buik, rond haar holle tepels, en toen langzaam omhoog bewogen op beide borsten, op haar strakke tepels.

Hij kon niet geloven dat hij in zo'n korte tijd weer opgewonden kon raken.

Hij voelde de afscheiding uit haar vagina van haar uitgeputte dijen naar haar eigen anus druipen.

En ze werd overweldigd door de aanblik van vijftien of twintig vreemdelingen, mannen en vrouwen die haar aanstaarden.

Bezorgd begon ze uit te spreken:

'Ah, ah!'

Plots ging de vibrator af.

Julia's opwinding zat niet meer in haar lichaam.

Ze begon luid te schreeuwen, te schreeuwen en de vreemdeling te roepen om langs te komen en haar te blijven strelen met de vibrator.

Er moesten een paar seconden voorbij zijn gegaan en toen voelde ze een heel onbekende en onverwachte aanraking tussen haar twee dijen ...

Verbaasd keek ze daarheen en zag dat de jonge vreemdeling zijn lange tong over haar vagina bewoog.

Ze grijnsde en keek hem aan, leunde toen achterover op de tafel en ontspande haar lichaam.

Hij was niet langer een vreemde voor haar.

De andere mannen en vrouwen in de kamer bestonden niet voor haar.

Hij had niet eens gedachten voor Paul in zijn hoofd.

Hij voelde de aanraking van de lange, sterke tong van de jongeman, rolde met zijn ogen en ging liggen.

Tijdens het volgende orgasme hield ze een grote glimlach op haar gezicht.

Hoe lang ze haar vagina aan het likken was, hoe lang ze op tafel lag, wakker of sliep ... ik wist het niet.

Het enige wat ze wist was dat ze allebei weer alleen in de kamer waren, haar ledematen waren vrij, de rubberen plug was uit haar anus gehaald en naast de tafel gelegd, en de vreemdeling die haar het grootste orgasme van zijn leven had gegeven , zonder gemeenschap, stond hij beleefd voor haar.

Hij stond langzaam op en kwam van de tafel.

Hij had zijn kleren in zijn handen.

Terwijl ze zich aankleedde, leunde hij tegen haar aan ... niet om haar in verlegenheid te brengen, maar om haar strakke beha dicht te knopen.

Hij hielp haar ook vriendelijk met het aankleden.

Nadat hij zich had aangekleed, leidde hij Juliet terug naar de Wachtershut.

Dezelfde zwarte Mercedes stond vooraan.

De Mercedes-chauffeur deed het portier voor haar open en stopte verwachtingsvol.

Julieta glimlachte toen ze zich de vriendelijkheid van de chauffeur herinnerde.

Hij draaide zich om en vroeg voor het eerst sinds hij de 'vreemdeling' had ontmoet,

"Wat is je naam?"

Hij glimlachte.

Hij pakte haar hand, kneep hem dichterbij en zei:

"Mijn naam is niet belangrijk."

Toen glimlachte ze alleen maar en zei "Dankjewel" en begon naar de auto te lopen.

Paul wachtte haar op de achterbank van de auto.

Zodra hij binnenkwam, omhelsde Juliet Paul in haar armen.

Paul klopte hem liefkozend op zijn hoofd en gebaarde de chauffeur de auto te starten.

De zwarte Mercedes begon weer door de smalle straatjes van het industrieterrein naar de drukke stad te rennen.

Paul nam een videocamera die hij opzij had gelegd en hield het scherm dicht bij Juliet en zei:

'Alles wat je hebt gedaan sinds je uit de auto stapte ... of alles wat je is aangedaan, staat in deze video. Wat ben je dapper.'

Juliet ontspande zich in zijn armen.

De glimlach op haar gezicht en de voldoening spraken voor haar zonder verder iets te hoeven zeggen.

Paul liet haar ontspannen in de auto, klopte haar opnieuw en staarde naar de tape van haar moed.

Het plan van vandaag was een succes.

Ik was blij en opgewonden dat ik binnenkort klaar zou zijn voor een geweldig volgend avontuur ...

EINDE

33

WILD WELKOM
ERIKA SANDERS

35

Susan lag op de bank en dacht aan haar partner.

Ze hield van hem met heel haar hart en haar droom was dat hij zou doen wat hij wilde met het voorspel.

Lik en zuig ze totdat hun extase het waard is om voor te sterven.

Neuk haar dan met seks die sterker is dan creatie.

Het was zo'n saaie avond.

Susan lag op de bank in haar roze zijden bh en slipje naar een film te kijken.

Maar Susan dacht aan haar vriend, zijn mooie lichaam, zijn groene ogen en zijn donkerbruine haar.

Susans tong gluurde uit haar lippen toen ze aan hem dacht. Lust vulde haar geest en lichaam.

Op dat moment hoorde Susan de deur opengaan, daar was hij dan eindelijk.

Opgewonden en nat sprong ze op en rende naar de deur.

Daar stond hij in zijn spijkerbroek en een wit t-shirt.

Hij liep de kamer binnen en zag Susan's mooie, zwevende borsten die bijna uit haar bh vielen van opwinding.

Hij greep haar bij haar middel, trok Susan naar zich toe en kuste haar diep.

"Ik ben zo verdomd geil," fluisterde Susan door haar warme, natte mond. "Neuk me nu."

Hij had geen tweede uitnodiging nodig en duwde Susan naar de keukentafel.

Hij deed zijn shirt uit, deed de lichten uit en verduisterde de kamer.

Susan lag op de tafel, haar tepels gluurden nu door haar witte beha en er vormde zich een natte vlek op haar bijpassende slipje.

Hij stapte dichter naar haar toe en vormde een bobbel in zijn spijkerbroek.

Hij buigt zich over Susan heen, kust zachtjes haar buik en likt alles eroverheen.

Susan hapt naar adem van plezier en haar handen grijpen zijn hoofd om hem dichterbij te brengen.

Hij bleef haar buik likken en kussen, van tijd tot tijd naar haar kutje, dat nog steeds bedekt was door haar slipje, om hete lucht op haar te blazen.

Hij grijpt haar ondergoed tussen zijn tanden en trekt haar in één snelle beweging naar beneden.

Hij gooit haar op tafel en snuffelt aan haar schaamhaar.

Susan begint te kreunen en zwaar te ademen.

Hij begraaft zijn gezicht in haar natte kutje en steekt zijn hand op om haar beha te verwijderen.

Susan's brutale borsten lopen over haar zachte handen.

Hij likte Susan's spleet weer zachtjes voordat hij naar de koelkast ging.

Hij opende het en haalde er een schaal aardbeien uit. Hij nam er twee en legde er een op Susans buik en de andere tussen haar borsten.

Hij likte de aardbei bij zijn navel en at hem toen op.

Hij bleef haar lichaam van onder naar boven likken en ging uiteindelijk door naar de volgende aardbei.

Hij likt Susan's decolleté en beweegt de aardbei op en neer tussen haar borsten.

Susan kreunt om het ongewone gevoel.

Hij beweegt de aardbei verder en dieper in Susan's lichaam totdat hij haar kutje bereikt door met zijn tong in de aardbei te knijpen.

Susan hapte naar adem en hij kon haar kutje zien samentrekken met de aardbei bedekt met haar sappen.

Hij duwde de aardbei dieper in haar kutje.

Hij bedekte het met zijn mond, die zachtjes zoog tot de aardbei weer in zijn mond zat; nu bedekt met sappen uit Susan's kutje.

Hij nipte van de aardbei, at hem op en rolde Susan op haar buik.

Met haar kont in de lucht streelde ze erover.

Hij sloeg zachtjes op Susan's kont voordat hij op haar kont dook en eraan likte, waardoor hickeys over haar kont achterbleven.

Er was een pot honing in de buurt. Hij stak zijn hand naar binnen en wreef ermee over Susans lippen.

Toen stak hij zijn tong diep in haar en liet Susan kreunen.

Hij zoog zijn tong diep in haar kutje.

Susan kreunde luid en zei:

"Neuk me nu."

Hij deed zijn spijkerbroek uit en zijn pik klopte.

Nu hij naakt is, steekt zijn pik groot en sterk uit.

Hij greep Susan en streek met zijn handen over haar binnenkant van de dijen, zijn pik recht voor haar ingang plaatsend.

Hij wreef met zijn hoofd tegen haar nattigheid; Ze scheidde haar lippen zachtjes en duwde zachtjes tegen de eikel van zijn pik.

Een kreun ontsnapte aan Susan's lippen toen ze het puntje van zijn pik in haar voelde komen.

Susan kreunde harder toen hij de rest van zijn enorme harde pik in haar kutje duwde.

Terwijl hij ze allemaal vulde, kneep ze in de wanden van haar kutje en kreunde ze.

Hij begon zijn pik in en uit Susan's kutje te pompen, met elke slag meer en meer.

Hij bleef haar kutje slaan en Susan kreunde luider en luider.

Hij greep haar dijen, bonsde harder dan ooit, en gromde toen zijn enorme pik Susan's lichaam binnendrong.

Susan riep:

"Dat voelt zo goed, schat, neuk me harder."

Hij sloeg zijn pik harder in Susan's kutje en voelde de opeenhoping van sperma aan de basis van zijn pik.

Zijn ballen raakten Susan's kont met zijn beweging.

Susan kreunde lange tijd en kreeg een wild orgasme, haar kutje kneep in zijn pik zodat hij ook een orgasme kreeg.

Cum spoot uit zijn pik, de eerste stroom penetreerde Susan's kutje.

Maar hij trok zich terug en liet de rest achter om zijn lichaam te besproeien.

Net toen haar orgasme afnam, stak hij zijn vingers in haar kutje, pompte haar snel en stuurde Susan weer tot een orgasme.

Susan kreunde en liep over de tafel, trok hem over zich heen en kuste hem diep.

Zijn zweet en sperma vermengden zich over beide lichamen.

Nadat ze allebei ontspannen waren, zei hij:

"Het is fijn om zo te worden ontvangen."

.

EINDE

41

VERRADEN
ERIKA SANDERS

43

Hoofdstuk I

Becky hoorde de sleutel in het slot klikken.

Hij rende de trap af, deed het licht in de hal aan en deed de deur open.

Jack stond daar in de regen, de kap over zijn hoofd getrokken, de sleutel in zijn hand, terwijl zijn donkere ogen haar aanstaarden.

'Oh mijn god, je bent gekomen,' zei Becky opgewekt.

Ze sprong naar voren en sloeg haar armen om zijn schouders, omhelsde hem en voelde de regen die haar jas bedekte op haar strakke kleding sijpelen.

Het kon haar niet schelen.

Haar man was hier en dat was het enige dat telde.

Ze bevrijdde Jack uit een uitbundige knuffel en legde haar doorweekte handen op zijn gezicht.

De ernstige uitdrukking op zijn gezicht was niet veranderd.

"Wat is er?" zei ze.

"We moeten praten."

Becky voelde haar maag samentrekken, maar ze deed een stap opzij om Jack binnen te laten en zijn natte laarzen uit te trekken.

Ze ging naar de woonkamer en wreef nerveus over haar armen terwijl ze wachtte tot Jack het slechte nieuws zou brengen, wat het ook was.

Toen ging hij naar de woonkamer, nog steeds met een ernstige uitdrukking op zijn gezicht.

'Kun je ons iets te drinken geven,' zei hij.

Becky ging naar de drankwagen en schonk twee cognac in.

Haar hand trilde toen ze hem een van de glazen overhandigde en de hare snel opdronk.

Jack kwam naar de stoel met nogal vochtige sokken.

De foto die hij gaf was een beetje vreemd.

Ze zou hebben gelachen als het niet voor het gespannen moment was geweest.

Hij zat op het puntje van de stoel en ging niet zitten of trok zijn jas niet uit terwijl hij zich voorbereidde om het slechte nieuws te brengen.

Hij nam een grote slok cognac voordat hij sprak.

'Ze weet alles over ons,' zei hij nadat hij de drank met een laatste zucht had ingenomen.

Becky voelde haar knieën slap worden en haar hart bonkte.

Hij schonk zichzelf nog een glas cognac in.

Hij ging naar de bank voor Jack en ging zitten.

"Zoals?" zei hij na nog een slok van de warme vloeistof.

"Ik zei."

Becky fronste zijn wenkbrauwen.

'Heb je het hem verteld? Waarom?

"Ik kon het niet meer aan."

Becky stond op.

'Zeg me alsjeblieft dat je een grapje maakt Jack.'

Hij schudde ontkennend zijn hoofd.

'Waarom zou je je vrouw vertellen dat je haar bedriegt?'

Jack keek op van onder zijn borstelige wenkbrauwen, waardoor hij eruitzag als een ondeugende pup.

"Ik kon niet zien dat ze onverschillig en kalm was terwijl ze ons smerige geheim bleef verbergen."

'Ons vuile geheim is dat hij het gewoon doet?' dacht Becky.

"Nou, wat zei ze?" zei Becky, terwijl ze deed alsof ze de laatste opmerking niet hoorde, terwijl ze van de ene kant van de kamer naar de andere liep.

'Ze is klaar om ons nog een kans te geven. Als dit stopt.'

Becky stopte en keek naar Jacks gezicht.

'Wij? Bedoel je dat jij en zij samen zijn nadat ik het haar heb verteld?'

Jaap knikte.

'Ga je me zo alleen laten? Omdat ze dat zegt?'

"Zij is mijn vrouw."

'En wat was ik?'

'Weet je wat dat was. Ik heb je gezegd dat ik mijn vrouw nooit zou verlaten. Dat was altijd seks tussen jou en mij.'

'Weet je wat dat was. Verleden. Het zat al in zijn hoofd. Hoe kon hij mij dit aandoen? '

Hoewel hij had gezegd dat hij Mary nooit zou verlaten, dacht Becky dat ze hem ervan kon overtuigen dat zij echt de vrouw was die hij nodig had.

Is het niet zo?

Het leek niet.

Jack dronk zijn drankje op en stond op om te vertrekken.

Becky liep naar hem toe.

"Is dat alles dan?" zei ze terwijl ze hem aankeek. "Ga je het zo laten vallen en gaan?"

Jack zuchtte toen hij haar wegduwde om door de gang te lopen.

'Becky, ik heb kinderen,' zei hij nu boos.

Oh nee, zo makkelijk zou hij er niet uitkomen.

Vroeger waren het allemaal complimenten en spottende en erotische berichten, met veel kusjes op het einde om me te betoveren.

Dat is wat iedereen doet om te krijgen wat ze willen.

Als ze dan genoeg hebben, gaan ze in de verdediging en proberen ze van je af te komen.

Jacks echte gezicht was nu te zien.

Voor hem was het niet meer dan een stuk vlees geweest, een gemakkelijke vangst.

Een uitschot.

Een hoer.

Zo hadden mannen haar altijd behandeld. Jack zou niet anders zijn.

'En nu? Er gaan tegenwoordig veel mensen scheiden. Kinderen komen er overheen. Ze hebben nog steeds beide ouders,' zei ze koeltjes.

'Het zijn kinderen, Becky,' snauwde Jack. 'Je hebt een gezin nodig. Veiligheid. Een vader die er altijd is. Niet iemand die een paar keer per week komt opdagen.'

En ik? dacht ze een beetje egoïstisch.

De vrouw die geen kinderen kan krijgen.

De vrouw die altijd blijvend onvruchtbaar zal zijn en die een man geen gezin kan geven.

Het fenomeen.

De zeldzame.

Degene die goed kan neuken voor de lol.

Wie zou echt van haar houden?

'Ik ga naar je huis,' dreigde hij. "Ik zal haar vertellen wat we hebben gedaan. Hoe je me het bos in reed in je auto en me op de achterbank neukte. Waar haar kinderen elke dag op weg naar school zitten. Hoe je me naar hetzelfde restaurant reed dat je haar voorstelde. Kijken of ze dan van gedachten verandert.'

Jack draaide zich om in de deuropening en zijn vingers verlieten de kap die hij op het punt stond over zijn hoofd te tillen.

"Je gaat het niet doen".

"Kijk naar me."

Becky zag voor het eerst een uitdrukking in Jacks ogen die ze eerder bij veel mannen had gezien.

walging.

Wat ze tussen hen hadden, wat er ook voor hem was geweest, was verdwenen.

Ze wist dat ze dat nooit meer terug zou krijgen.

Haar bovenlip rimpelde toen ze de kap over haar hoofd trok en bukte om haar laarzen te pakken.

Becky voelde de warmte uit haar vlees verdwijnen, het koude gevoel achtergelaten te worden.

Taak.

Ze had het te vaak gevoeld.

'Je kunt me niet zomaar verlaten, Jack,' smeekte ze, terwijl ze de bekende tranenstroom uit haar ogen voelde komen.

'Het is voorbij,' snauwde hij, zijn stem verdraaide van woede.

'Doe me dit niet aan, Jack. Alsjeblieft!'

Hij knoopte de neus van zijn laars vast, richtte zich op en keek naar haar onder de deken van zijn kap.

'Kom niet meer in de buurt van mij of mijn familie. Als je dat doet, bel ik de politie.'

Hij hief zijn hand op en liet zijn sleutel op de grond vallen.

De sleutel had ze hem gegeven in de hoop dat hij dit zou zien als zijn ware thuis waar hij uiteindelijk permanent zou gaan wonen.

Het was de laatste steek in zijn hart.

Hij rukte aan de deur en deed een snelle stap de tuin in.

Becky stond op de mat, haar wangen glinsterden van tranen in het felle licht van de woonkamer, en keek naar haar lange gestalte die door de regen liep.

Weg van haar.

Terug naar zijn familie.

Voor altijd uit zijn leven.

Hoofdstuk II

Becky keek in haar glas en voelde haar hoofd draaien.

De whisky liet een zure en bittere smaak achter op zijn tong.

Met trillende vingers pakte ze het glas op en gooide het tegen de muur van de open haard.

Het kwam in botsing met de spiegel, waardoor glasscherven explodeerden en vervolgens op de vloer en het dikke tapijt vielen.

Ze sprong van de bank en liep naar de telefoon.

Tranen welden op in haar ogen toen ze de telefoon oppakte, maar ze zei tegen zichzelf dat ze niet meer zou huilen.

Ze beet op haar lip en toetste resoluut het nummer in.

Na enkele ogenblikken antwoordde een norse mannenstem.

"Hallo?"

'Harry, ik ben Becky,' zei hij, zijn dronkenschap met een glimlach onderdrukkend.

'Becky? Jezus, hoe noem je dat? Het is twee uur 's nachts.'

'Het spijt me. Het is gewoon... ik moet bij iemand zijn.'

'Wat? Op dit moment?'

"Ja."

Hij hoorde geritsel aan de andere kant van de lijn, het kraken van zijn keel, opgedroogd door Harry's sigaretten, terwijl hij om het bed heen liep.

"Maak je me echt wakker voor een fuck in het midden van de ochtend?"

Becky voelde een knoop in haar maag bij zijn woorden.

Wat als ze echt niemand nodig had om haar te plezieren?

Het kon Harry echter niets schelen.

Hij was gewoon een typische man met maar één ding aan zijn hoofd.

Ze stopte de verleiding om te ontploffen.

'Waarom niet? Het is net zo goed als elk ander moment,' zei ze een beetje opgewonden.

'Ik moet om zes uur op zijn.'

'Nou en? Je kunt morgenavond slapen. En je gaat in ieder geval tevreden naar je werk in plaats van te gapen.'

"Ik ben nu diepbedroefd. De enige manier om niet te gapen op het werk is door nog een paar uur te slapen en niet te sporten."

Becky kneep gefrustreerd in haar lippen en pakte haar sigaretten, die naast de telefoon lagen.

Hij stak er een aan, nam een lange, diepe trek en wreef toen met zijn duim over zijn slaap terwijl hij dikke rook blies.

'Ik zal doen wat je wilt,' zei ze, en de nicotine gaf haar genoeg kracht om hem te verleiden.

"De wat?" Zei Harry.

"Ik zal mijn tong in je reet steken. Ik zal je opeten zoals een man een vrouw eet."

Het was even stil en hij voelde Harry aan de andere kant denken.

Er waren niet veel vrouwen die klaar waren om de kont van een man te eten en Harry had een bijzonder gevoelige anus, zijn tong kon zijn hele lichaam buigen en tegelijkertijd schreeuwen.

Het leek er echter op dat hij vanavond erg moe was. Zelfs dat was niet genoeg om hem te verleiden.

'O, Becky. Had je niet op een beter moment kunnen bellen?

"Ik ga mijn string aandoen. Ik ga je een lange harde neukbeurt geven. Is dat wat je wilt Harry? Een. Lang. Hard. Neuken."

Harry klonk nerveus en opgewonden toen hij antwoordde.

Becky wist dat haar uitdrukkelijke en walgelijke moed zijn pik keihard had gemaakt onder de dekens.

Maar wat ze hem ook probeerde te verleiden, hij zag eruit alsof hij niet bewoog.

"Sorry Becky. Ik moet even langskomen. Wat dacht je van vrijdagavond?

Becky zag de asbak op de salontafel en deed haar sigaret uit.

"Je bent net als alle mannen, toch? Je denkt dat ik wegloop als je het zegt. Nou, weet je wat Harry? Je kunt jezelf neuken. Dat was je laatste kans en je hebt hem net gemist."

'Wat... Becky?'

"Dag, Harry. Slaap diep als je kunt. Verdomme!"

Hij sloeg de telefoon neer.

Becky bleef even op het bed zitten, haar hart bonsde, haar bloed kookte, een miljoen verschillende gedachten streden om prioriteit in haar hoofd.

Hoe konden ze hem dit aandoen?

En opnieuw.

En waarom liet ze haar dat keer op keer doen?

Steeds weer in dezelfde oude val trappen.

Ze wist wat psychiaters zouden zeggen.

Je waardeert jezelf niet genoeg.

Hoe kun je respect verwachten als je jezelf niet eens respecteert?

Nou, dat is makkelijk voor jou om te zeggen.

Ze willen weten hoe het is om je een hoer te voelen en mannen toe te staan hun lichaam als een vuile vod te gebruiken.

Een moeder die met haar vrienden zou neuken en haar dochter alleen thuis zou laten, koud en hongerig, zonder dat iemand haar wilde.

Een vrouw die haar jarenlang ervan overtuigde dat haar vader niet van haar hield.

Dat hij haar verliet vanwege hem.

Terwijl de waarheid was dat hij geïntimideerd en te bang was door de onderwerping waaraan hij door haar werd onderworpen om terug te keren naar zijn schrikbewind.

Becky begroef haar gezicht in haar handen en liet de tranen over haar handpalmen stromen.

Je hebt me verlaten papa

Hoe kun je me achterlaten bij die psycho-teef?

Ze ging rechtop zitten en dwong zichzelf de tranen te stoppen.

Verdriet veranderde in woede als een druk op de knop.

Zijn vader was een lafaard.

Zoals alle mannen.

Ze liepen gecontroleerd weg van de ballen die tussen hun benen slingerden, maar hadden niet de moed om ze te gebruiken.

Dat kan alleen een vrouw.

De pijn was te veel.

Becky had seks nodig.

Het was het enige dat haar zou kalmeren.

Seks zou de pijn in haar verzachten.

Pijn om niet geliefd te zijn en afgewezen te worden, waardoor ze zich een vuile wegwerphoer voelde.

Een paar korte momenten, een hartstochtelijke kus, een wellustige drang die haar tot een orgasme zou brengen, en ze zou zich genezen voelen.

Alles is weer in orde.

Geliefd.

Het enige probleem was dat het een verslaving was geworden.

En als het allemaal voorbij was, nadat de mannen waren vertrokken en waren teruggekeerd naar hun vrouw of de volgende vrouw die klaar was om haar benen te spreiden, zou die donkere plek terugkeren.

Tot de volgende oplossing.

Becky kon het niet meer aan.

Genoeg was genoeg.

Deze keer zou iemand betalen.

Hoofdstuk III

Wraak is zoet.

Dat zeggen ze tenminste.

Becky dacht erover na terwijl ze haar lange zwarte haar in de make-upspiegel borstelde.

Ze was naakt, op een zwart slipje na dat was versierd met een klein rood strikje.

Haar 43-jarige borsten waren net zo stevig als die van een vrouw die tien jaar jonger was.

Het was een van de positieve dingen van het niet kunnen krijgen van kinderen.

Ze behield langer haar figuur en haar prachtige charme.

Terwijl de haren van de borstel door haar haar gleden, ervoer ze een kalmte die ze in jaren niet had gevoeld.

Er groeide eindelijk iets in haar.

Je zult geen slachtoffer meer zijn.

Ze worstelde.

Ze zou een krijger zijn.

Ze koos een donkerrode lippenstift uit haar make-up en bracht die voorzichtig op haar lippen aan. Ze voegde een beetje volheid toe door een extra millimeter rond de rand toe te voegen.

De kleur vulde haar donkere haar en olijfkleurige huid aan, wat haar een licht mediterraan uiterlijk gaf dat niet verder van haar Britse afkomst kon zijn.

Ze moest toegeven dat het er goed uitzag.

Ze had misschien een beetje hardheid in haar stem van zoveel sigaretten en een slechte jeugd, om nog maar te zwijgen van het drinken, maar ze wist hoe ze moest verschijnen voor seks.

Ze had deze vaardigheid van haar moeder geleerd, en toen ze zag hoe stoer de noordelijke meisjes waren, had ze geleerd ze ook in haar voordeel te gebruiken.

Sexy meisjes hadden macht.

Ze konden mannen beheersen met hun lichaam, hun geur en een provocerende blik.

Toen Becky erover nadacht, realiseerde ze zich dat ze zoveel jaren zou kunnen overleven.

Hij stond op en liep naar de passpiegel.

Hij leunde haar hoofd opzij en greep haar borsten.

Ze pruilde tegen haar pas geverfde lippen.

Ja, het zag er goed genoeg uit om iets lekkers te eten.

En om jou ook op te eten, dacht ze met een sensuele lach.

Op het bed lag een rode jurk.

Kort.

Zeer provocerend.

Lage halslijn om te pronken met haar borsten.

Ze duwde haar blote voeten in hem en trok hem over de lengte van haar lichaam omhoog.

Ze bekeek zichzelf in de spiegel, draaide zich om en maakte hem vast.

Ze bewonderde de zijdeachtige stof die bij de heupen gerimpeld was en haar typische zandlopervorm benadrukte.

Bij de deur stond een rij schoenen met hoge hakken.

Becky ging naar haar toe en stapte in een rood paar.

De kleur van vandaag was scharlaken.

Rood voor bloed en moord.

Hoofdstuk IV

De taxichauffeur stopte voor de club.

Becky zag dat er twee gorilla's bij de deuren stonden.

Hij betaalde de taxichauffeur en stapte de straat op, verlicht door de straatlantaarn. De zachte lucht raakte zijn blote schouders terwijl de clubmuziek onder zijn voeten sloeg.

Ze sloot de deur van de hut, liep naar de ingang en schoof de riem van haar kleine rode tas over haar schouder.

ontmoetingspunt Het was een moderne herenclub die een paar jaar geleden in de stad was ontstaan.

Mannen van alle leeftijden gingen erheen in hun hipste pakken gedrenkt in aftershave-flessen om noordelijke meisjes aan te trekken die als teven in de hitte naar hun geur stroomden.

Becky was geen uitzondering.

Maar vanavond had ze zich op één man in het bijzonder geconcentreerd.

De plaats was vol activiteit, druk voor een midweeknacht.

Aan de ene kant van de zaal speelde een zanger op het podium en aan de andere kant stond de bar vol met oudere mensen gebogen over bierglazen.

Mannen en vrouwen zaten in een grote ruimte met tafels in het midden van de kamer, praatten en keken omhoog naar het podium.

Becky ging naar de bar en belde een knappe jonge barman met het puntige kapsel van een weduwe.

"Is Ricky hier vanavond?" vroeg ze.

De ober knikte. "Achter."

Becky glimlachte naar hem en deed een stap achteruit van de toonbank toen ze merkte dat de ogen van de oudere mannen waren overgeschakeld van hun drankjes naar haar.

Hij zorgde ervoor dat ze zijn achterste goed konden zien toen hij door een gang verdween die naar de kantoren op de achtergrond leidde.

Ricky Morris was de eigenaar van vijf nachtclubs in de omgeving van Maine.

Hij had in de jaren negentig zijn brood verdiend met louche bedrijven en had de herenclubketen opgericht die meteen een hit was bij de speelse jongens van het noorden.

Hij stond er ook om bekend dat hij met strippers en prostituees werkte, hen van klanten voorzag en hun inkomsten verlaagde.

Becky ontmoette hem twee jaar geleden toen hij Meeting Place begon.

Van alle aantrekkelijke vrouwen en mooie meisjes die er die avond waren, was zij degene tot wie hij zich had gewend.

Misschien herkende hij iets van zichzelf in haar, een mannelijke eigenschap die sprak van haar ambitieuze en ondernemende karakter.

Een vrouw die niet zou buigen of vleien voor haar geld of haar knappe uiterlijk.

Een vrouw die hard zou spelen om te krijgen wat ze wilde.

Becky klopte op haar deur, maar wachtte niet op een antwoord.

Toen hij de kamer binnenliep, zag hij een flits van vlees en rook de onmiskenbare geur van seks.

Een vrouw van in de twintig lag op het bureau, haar blote borsten zichtbaar door een jurk die nog steeds om haar middel was gewikkeld.

Ricky neukte haar vanuit een staande positie, zwarte broek om haar enkels, zweet glinsterend op haar geschoren hoofd.

Hij draaide zijn hoofd bij de onderbreking.

"Stront." Hij trok zich terug van de vrouw en Becky zag zijn grote pik, ontstoken van opwinding, glad met het vrouwensap.

Toen hij zag wie de kamer was binnengekomen, zuchtte hij, boog zich voorover en trok zijn broek op.

De vrouw aan tafel bedekte haar borsten en probeerde haar verlegenheid te verbergen met een sensuele lach.

Kleine teef, dacht Becky en ging schaamteloos het kantoor binnen.

Ricky maakte de leren riem om zijn middel vast terwijl hij zijn hoofd schudde zodat het meisje kon lopen.

Ze bedekte haar borsten nog steeds, gleed nederig van de tafel, greep haar hoge hakken en liep op haar tenen de kamer uit.

Ricky liep om zijn bureau heen en keek Becky met een rood gezicht aan.

Hij haalde een zakdoek uit de zak van zijn overhemd, veegde zijn voorhoofd af en reikte in een la om een zilveren pakje sigaretten te pakken.

"Aan wie heb ik het genoegen te danken?" Hij opende de doos en haalde er een gekleurde sigaret uit.

Hij bood er een aan Becky aan.

Ze hield hem in de gaten terwijl ze naar het bureau liep en een van de sigaretten pakte.

Het was scharlaken.

"Ga je de kwaliteit van de goederen nog eens controleren?" zei hij en stopte de rode sigaret tussen zijn lippen.

Ricky kneep zijn scherpe blauwe ogen tot spleetjes terwijl hij zijn sigaret opstak en hield toen de aansteker omhoog om die van Becky aan te steken.

'Wat is de reden dat je me stoort en hier zonder waarschuwing inbreekt?'

Becky haalde diep adem van de brandende sigaret.

Ze blies de rook uit die in een dunne draad naar het plafond rende.

'Ik zie dat je het de laatste tijd druk hebt gehad.'

Met een glimlach keek ze naar de tafel.

De zweetplekken waar de billen van de vrouw hadden gezeten waren nog steeds op het glasoppervlak.

Ricky ging hard zitten.

Becky kon haar hart bijna horen bonzen, terwijl het bloed nog steeds door haar lichaam pompte van de onderbroken sekssessie.

Hij keek haar nieuwsgierig aan.

"U bent klaar?"

Becky schudde haar hoofd.

'En dan? Ik merk nog iets aan je op.'

Becky gooide haar haar naar achteren en keek naar de grote vissenkom die achter Ricky's hoofd scheen.

Grote vissen in een heel kleine vijver, dacht hij droog.

Hij had misschien geld en macht over vrouwen, maar toen hij daar in zijn stoel zat, zonder idee wat er ging gebeuren, was hij net zo zwak en zielig als elke andere man.

'Ik denk dat het het weer van de maand moet zijn,' zei hij droog.

Hij nam de tas van zijn schouder en legde hem voorzichtig op het glazen oppervlak op tafel.

Ricky keek geïnteresseerd naar haar bewegingen.

Hij liep om het bureau heen en legde zijn billen op de harde rand.

Ricky draaide zijn stoel om, leunde achterover en bestudeerde haar.

'Je bent gretig,' zei hij voorzichtig.

"Wanneer niet?" antwoordde ze.

Ricky glimlachte.

Dat vond hij zo leuk aan haar.

Die gedurfde en gewillige honger naar seks.

Vooral van een vrouw.

Raak hem binnen enkele seconden hard. Becky wachtte tot zijn pik wakker werd terwijl ze haar lichaam bewoog om haar borsten te onthullen.

'Je bent een hoer,' zei Ricky. "Niets houdt je tegen, toch? Zelfs geen zorgeloze seconden in een klein kreng.

"Het was maar het voorgerecht. Ik ben het hoofdgerecht. De echte seks."

Becky trok haar jurk bij haar dij omhoog en liet haar vingers tussen haar benen glijden.

Ze had haar slipje uitgedaan voordat ze het huis verliet, zodat ze gemakkelijk toegang had tot de blote lippen tussen haar benen.

Hij keek naar Ricky en nam nog een trek van zijn sigaret.

De bobbel die in zijn broek bleef groeien, vertelde haar dat hij van plan was binnen enkele seconden in haar te zijn.

Haar kutje werd vochtig bij de gedachte, versterkt door de wetenschap dat de bevrediging deze keer zoeter zou zijn dan alle andere.

Ze legde haar handen op het glazen oppervlak, liet plakkerige sporen achter op haar muskusachtige kut, en manoeuvreerde recht voor Ricky in positie.

Ze zette beide hakken op de armleuningen van de stoel en spreidde haar benen om hem een volledig beeld te geven van wat zich tussen haar benen bevond.

Opwinding schoot door Ricky's ogen toen hij naar beneden keek en het snoep zag verborgen onder het kleine rode jurkje.

"Wat moet ik er mee doen?" zei hij sardonisch en trok een wenkbrauw op.

Met haar ellebogen op tafel slaagde Becky er toch in om te roken toen ze reageerde met een zwoele glimlach.

Sprakeloos.

Ricky drukte zijn eigen sigaret uit en drukte hem schaamteloos op het glas.

Hij ademde door haar neusgaten, misschien om een geurige smaak te krijgen van wat komen ging, en maakte haar lange vingers nat voor haar mooie lippen.

"Ik eet je op tot je kutje in mijn mond druipt."

Becky voelde haar vulva tintelen terwijl ze haar spieren aanspande.

Ze had altijd van een jongen gehouden die ervan hield om kutjes te eten.

Ricky was blij zijn gezicht te verzadigen met haar sap en dingen met zijn tong te doen die hem ergens anders heen zouden sturen.

Het zou de meest humane manier zijn, dacht hij.

Een euforische angst.

Zijn grote handen raakten haar knieën en spreidde haar benen nog meer.

Becky staarde hem grimmig gefascineerd aan en apprecieerde de opwinding in zijn stalen ogen.

Hij likte speels over zijn lippen.

Becky glimlachte veelbetekenend.

Toen, voordat ze iets anders kon doen, zat zijn hoofd tussen haar benen en werkte zijn hete, natte tong zich een weg naar binnen.

Becky's hoofd viel achterover terwijl ze naar adem snakte van genot.

"O verdomme."

Ricky schudde onverzadigbaar zijn hoofd en likte zijn plakkerige vlees.

Eet, proef, inhaleer de muskusgeur.

'Heerlijk,' hoorde Becky hem zeggen met zijn diepe Vermont-accent.

Hij zou niets zo lekkers proeven als haar zoete wraak, dacht hij.

Ricky deed zijn broek uit, trok zijn pik eruit en trok eraan met snelle, harde bewegingen van zijn pols.

Becky vroeg zich even af of hij haar kutje liever had gehad dan het kutje dat hij een paar minuten geleden had geneukt.

Toen besloot ze dat het haar niets meer kon schelen.

Alle mannen waren hetzelfde.

Kontzuigers die hoeren misbruiken en poesjes zuigen. Zelfs als ze de mogelijkheid hadden om je naar plaatsen te sturen waarvan je niet wist dat ze bestonden.

Ricky's tong was goddelijk!

Becky keek naar beneden en zag de glanzende ronde hoofdhuid op en neer gaan.

Dit was zijn moment.

Ze haalde diep adem, pauzeerde even, bracht toen haar dijen in één snelle beweging samen en sloot Ricky's nek tussen haar benen.

Hij stikte en probeerde weg te lopen, maar tevergeefs.

Becky reikte in de rode zak en haalde er een mes uit.

Ze greep het handvat met beide handen vast en tilde het boven Ricky's hoofd.

Hij bleef brabbelen en haar dijen vastpakken om ze uit elkaar te spreiden.

Maar ze kon het niet.

Ze kon het mes niet op haar hoofd laten vallen.

Nu het moment daar was, leek het niet langer een fantasie.

Het voelde als een nachtmerrie.

Ze was geen moordenaar.

Ze kon niet worden wat ze niet was.

Ze hadden haar van binnen vermoord en ze verachtte haar daarom, maar in koelen bloede doden maakte haar iets anders.

Het maakte haar minder dan zij.

Becky liet de druk van haar dijen op Ricky's hoofd los.

Hij stapte uit de val, hapte naar adem en wreef over zijn keel.

"Gekke verdomde bitch," schreeuwde hij. "Wat speel je?"

Becky had het pistool in haar tas verborgen voordat Ricky zijn woede uitspuugde.

'Ik dacht dat je iets ruws zou proberen,' hijgde ze, terwijl ze haar best deed om de angst in haar stem te verbergen.

Ricky spreidde zijn benen en stond op.

"Ik kon niet ademen!"

Becky speelde met haar jurk en stapte van de glazen tafel af.

Toen hij opstond, zag hij de blik van twijfel in Ricky's ogen.

'O, kom op,' zei ze. "Het was een beetje leuk."

Hij slaagde erin te glimlachen terwijl zijn hart in zijn borst klopte.

Ricky zei niets en zocht naar een soort waanvoorstelling in zijn ogen.

Hij zou de enige zijn met bloed aan zijn handen als hij wist dat ze van plan was hem te vermoorden.

Becky liep naar hem toe en leunde dicht tegen zijn gezicht aan.

Ze kuste zijn rode wang en liet haar scharlaken lip op zijn huid.

'Ik heb genoeg gehad voor vandaag. Ik ben beter, zei ze.

Ze pakte haar tas van de tafel en liep naar de deur.

Ze voelde Ricky's ogen op haar gericht.

doordringen.

Beschuldigen.

'Wacht, zei hij.

Becky stopte.

Zijn hart bevroor.

Hij draaide zich langzaam om.

Ricky's donkere omtrek werd beperkt door de heldere gloed van het aquariumwater terwijl hij wachtte tot hij zou spreken.

'Je zult je geld willen hebben, zei hij.

Becky fronste zijn wenkbrauwen.

"Welk geld?"

"Ik betaal altijd mijn favoriete meisjes."

Becky bestudeerde zijn ogen.

Wat heeft hij gedaan?

"Je hebt het nog nooit gedaan."

"Het wordt tijd dat ik het doe."

Hij pakte een chequeboekje van het bureau.

Hij haalde een pen uit de zak van zijn overhemd en krabbelde er iets op.

Toen hij het naar Becky bracht, tintelde zijn keel.

Ricky gaf hem de cheque.

Becky nam het aan en keek naar de menigte.

Veertigduizend dollar.

Ze werd bleek en keek Ricky ongelovig aan.

'Voor de verschuldigde diensten, zei hij.

Becky keek terug naar de sterke gestalte.

Veertigduizend dollar.

Hij zou zijn hypotheek betalen.

Je zou een nieuwe auto kunnen krijgen.

Loop over water.

Koop nieuwe kleding.

Designer schoenen.

Ricky glimlachte niet toen hij haar de cheque zag bestuderen.

De blik die hij haar toewierp was zorgwekkend.

Becky keek zenuwachtig in zijn staalblauwe ogen.

Hij wist dat ze hem probeerde te vermoorden.

Hij betaalde haar.

Neem het geld, laat me met rust, kom niet.

Ze wilde hem niet teleurstellen.

Hij slaagde erin te glimlachen en draaide zich toen om om de kamer te verlaten, zijn trillende hand nog steeds vast je nieuwe fortuin.

EINDE

67